Edition non décrite

3/00

OURIKA.

This is to be alone, this,
this is solitude !

BYRON.

A PARIS,

CHEZ L'ADVOCAT,

*Libraire de Son Altesse Sérénissime
Monseigneur le duc de Chartres.*

MARS 1824.

OURIKA.

OURIKA,

PAR Mme LA DUCHESSE DE DURAS.

> This is to be alone, this, this
> is solitude,
>
> BYRON.

———◦———

A PARIS,

CHEZ LADVOCAT,

LIBRAIRE DE SON ALTESSE SÉRÉNISSIME MONSEIGNEUR
LE DUC DE CHARTRES.

◦━◦◦━◦

M DCCC XXIV.

INTRODUCTION.

J'ÉTAIS arrivé depuis peu de mois de
Montpellier, et je suivais à Paris la pro-
fession de la médecine, lorsque je fus
appelé un matin au faubourg Saint-
Jacques, pour voir dans un couvent
une jeune religieuse malade. L'empe-
reur Napoléon avait permis depuis peu
le rétablissement de quelques-uns de
ces couvens : celui où je me rendais
était destiné à l'éducation de la jeunesse, et appartenait à l'ordre des Ur-
sulines. La révolution avait ruiné une
partie de l'édifice; le cloître était à dé-
couvert d'un côté par la démolition de
l'antique église, dont on ne voyait plus
que quelques arceaux. Une religieuse
m'introduisit dans ce cloître, que nous
traversâmes en marchant sur de lon-

I

gues pierres plates, qui formaient le
pavé de ces galeries : je m'aperçus que
c'étaient des tombes, car elles portaient
toutes des inscriptions pour la plupart
effacées par le tems. Quelques-unes
de ces pierres avaient été brisées pendant la révolution : la sœur me le fit
remarquer, en me disant qu'on n'avait
pas encore eu le temps de les réparer.
Je n'avais jamais vu l'intérieur d'un couvent ; ce spectacle était tout nouveau
pour moi. Du cloître nous passâmes
dans le jardin, où la religieuse me dit
qu'on avait porté la sœur malade : en
effet, je l'aperçus à l'extrémité d'une lon-
gue allée de charmille; elle était assise,
et son grand voile noir l'enveloppait
presque toute entière. «Voici le méde-
« cin,» dit la sœur, et elle s'éloigna au
même moment. Je m'approchai timi-
dement, car mon cœur s'était serré en
voyant ces tombes, et je me figurais

que j'allais contempler une nouvelle
victime des cloîtres ; les préjugés de ma
jeunesse venaient de se réveiller, et
mon intérêt s'exaltait pour celle que
j'allais visiter, en proportion du genre
de malheur que je lui supposais. Elle
se tourna vers moi, et je fus étrange-
ment surpris en apercevant une négresse ! Mon étonnement s'accrut encore par la politesse de son accueil et
le choix des expressions dont elle se
servait. «Vous venez voir une personne
« bien malade, me dit-elle : à présent
« je désire guérir, mais je ne l'ai pas
« toujours souhaité, et c'est peut-être
« ce qui m'a fait tant de mal. » Je la
questionnai sur sa maladie. «J'éprouve,
« me dit-elle, une oppression conti-
« nuelle, je n'ai plus de sommeil, et
« la fièvre ne me quitte pas. » Son as-
pect ne confirmait que trop cette triste
description de son état : sa maigreur

était excessive, ses yeux brillans et fort
grands, ses dents, d'une blancheur
éblouissante, éclairaient seuls sa physionomie; l'ame vivait encore, mais le
corps était détruit, et elle portait toutes
les marques d'un long et violent chagrin. Touché au delà de l'expression,
je résolus de tout tenter pour la sauver;
je commençai à lui parler de la nécessité de calmer son imagination, de se
distraire, d'éloigner des sentimens pé-
nibles. « Je suis heureuse, me dit-elle;
« jamais je n'ai éprouvé tant de calme
« et de bonheur. » L'accent de sa voix
était sincère, cette douce voix ne pouvait tromper; mais mon étonnement
s'accroissait à chaque instant. « Vous
« n'avez pas toujours pensé ainsi, lui
« dis-je, et vous portez la trace de bien
« longues souffrances.—Il est vrai, dit-
« elle, j'ai trouvé bien tard le repos de
« mon cœur, mais à présent je suis heu-

« reuse. — Eh bien! s'il en est ainsi,
« repris-je, c'est le passé qu'il faut gué-
« rir; espérons que nous en viendrons
« à bout : mais ce passé, je ne puis le
« guérir sans le connaître. — Hélas!
« répondit-elle, ce sont des folies! »
En prononçant ces mots, une larme
vint mouiller le bord de sa paupière.
« Et vous dites que vous êtes heureuse!
« m'écriai-je. — Oui, je le suis, reprit-
« elle avec fermeté, et je ne changerais
« pas mon bonheur contre le sort qui
« m'a fait autrefois tant d'envie. Je n'ai
« point de secret : mon malheur, c'est
« l'histoire de toute ma vie. J'ai tant
« souffert jusqu'au jour où je suis en-
« trée dans cette maison, que peu à
« peu ma santé s'est ruinée. Je me sen-
« tais dépérir avec joie; car je ne voyais
« dans l'avenir aucune espérance. Cette
« pensée était bien coupable! vous le
« voyez, j'en suis punie; et lorsque en-

« fin je souhaite de vivre, peut-être que
« je ne le pourrai plus. » Je la rassurai,
je lui donnai des espérances de guéri-
son prochaine ; mais en prononçant ces
paroles consolantes, en lui promettant
la vie, je ne sais quel triste pressenti-
ment m'avertissait qu'il était trop tard
et que la mort avait marqué sa victime.

Je revis plusieurs fois cette jeune religieuse ; l'intérêt que je lui montrais
parut la toucher. Un jour, elle revint
d'elle-même au sujet où je désirais la
conduire. « Les chagrins que j'ai éprou-
« vés, dit-elle, doivent paraître si étran-
« ges, que j'ai toujours senti une grande
« répugnance à les confier : il n'y a point
« de juge des peines des autres, et les
« confidens sont presque toujours des
« accusateurs. — Ne craignez pas cela
« de moi, lui dis-je ; je vois assez le ra-
« vage que le chagrin a fait en vous

« pour croire le vôtre sincère. — Vous
« le trouverez sincère, dit-elle, mais il
« vous paraîtra déraisonnable. — Et en
« admettant ce que vous dites, repris-
« je, cela exclut-il la sympathie? —
« Presque toujours, répondit-elle : ce-
« pendant, si, pour me guérir, vous
« avez besoin de connaître les peines
« qui ont détruit ma santé, je vous les
« confierai quand nous nous connaîtrons
« un peu davantage. »

Je rendis mes visites au couvent de
plus en plus fréquentes ; le traitement
que j'indiquai parut produire quelque
effet. Enfin, un jour de l'été dernier,
la retrouvant seule dans le même ber-
ceau, sur le même banc où je l'avais
vue la première fois, nous reprîmes la
même conversation, et elle me conta ce
qui suit.

———

M. le chevalier de B... (*de Boufflers*).

Mme la maréchale de B... (*de Beauveau*).

———

OURIKA.

——◦——

JE fus rapportée du Sénégal, à l'âge de deux ans, par M. le chevalier de B., qui en était gouverneur. Il eut pitié de moi, un jour qu'il voyait embarquer des esclaves sur un bâtiment négrier qui allait bientôt quitter le port : ma mère était morte, et on m'emportait dans le vaisseau, malgré mes cris. M. de B. m'acheta, et, à son arrivée en France, il me donna à Mme la maréchale de B., sa tante, la personne la plus aimable de son tems, et celle qui sût réunir, aux qualités les plus élevées, la bonté la plus touchante.

Me sauver de l'esclavage, me choisir pour bienfaitrice Mme de B., c'était me donner deux fois la vie : je fus ingrate

envers la Providence en n'étant point
heureuse; et cependant le bonheur ré-
sulte-t-il toujours de ces dons de l'intelligence? Je croirais plutôt le contraire : il faut payer le bienfait de savoir
par le désir d'ignorer, et la fable ne nous
dit pas si Galatée trouva le bonheur
après avoir reçu la vie.

Je ne sus que long-temps après l'histoire des premiers jours de mon enfance.
Mes plus anciens souvenirs ne me re-
tracent que le salon de Mme de B. ; j'y
passais ma vie, aimée d'elle, caressée,
gâtée par tous ses amis, accablée de
présens, vantée, exaltée comme l'enfant
le plus spirituel et le plus aimable.

Le ton de cette société était l'engouement, mais un engouement dont le bon
goût savait exclure tout ce qui ressemblait à l'exagération : on louait tout ce

qui prêtait à la louange, on excusait
tout ce qui prêtait au blâme, et souvent,
par une adresse encore plus aimable,
on transformait en qualités les défauts
mêmes. Le succès donne du courage ;
on valait près de Mme de B. tout ce qu'on
pouvait valoir, et peut-être un peu plus,
car elle prêtait quelque chose d'elle à
ses amis sans s'en douter elle-même :
en la voyant, en l'écoutant, on croyait
lui ressembler.

Vêtue à l'orientale, assise aux pieds
de Mme de B., j'écoutais, sans la com-
prendre encore, la conversation des
hommes les plus distingués de ce tems-
là. Je n'avais rien de la turbulence des
enfans; j'étais pensive avant de penser,
j'étais heureuse à côté de Mme de B. :
aimer, pour moi, c'était être là, c'était
l'entendre, lui obéir, la regarder surtout; je ne désirais rien de plus. Je ne

pouvais m'étonner de vivre au milieu
du luxe, de n'être entourée que des personnes les plus spirituelles et les plus
aimables ; je ne connaissais pas autre
chose ; mais, sans le savoir, je prenais
un grand dédain pour tout ce qui n'é-
tait pas ce monde où je passais ma vie.
Le bon goût est à l'esprit, ce qu'une
oreille juste est aux sons. Encore toute
enfant, le manque de goût me blessait ;
je le sentais avant de pouvoir le définir,
et l'habitude me l'avait rendu comme
nécessaire. Cette disposition eût été dan-
gereuse si j'avais eu un avenir ; mais je
n'avais pas d'avenir, et je ne m'en dou-
tais pas.

J'arrivai jusqu'à l'âge de douze ans
sans avoir eu l'idée qu'on pouvait être
heureuse autrement que je ne l'étais.
Je n'étais pas fâchée d'être une négresse :
on me disait que j'étais charmante ; d'ail-

leurs, rien ne m'avertissait que ce fût un désavantage ; je ne voyais presque pas d'autres enfans ; un seul était mon ami, et ma couleur noire ne l'empêchait pas de m'aimer.

Ma bienfaitrice avait deux petits-fils, enfans d'une fille qui était morte jeune. Charles, le cadet, était à peu près de mon âge. Élevé avec moi, il était mon protecteur, mon conseil et mon soutien dans toutes mes petites fautes. A sept ans, il alla au collége : je pleurai en le quittant ; ce fut ma première peine. Je pensais souvent à lui, mais je ne le voyais presque plus. Il étudiait, et moi, de mon côté, j'apprenais, pour plaire à Mme de B., tout ce qui devait former une éducation parfaite. Elle voulut que j'eusse tous les talens : j'avais de la voix, les maîtres les plus habiles l'exercèrent ; j'avais le goût de la peinture et un pein-

tre célèbre, ami de Mme de B., se char-
gea de diriger mes efforts; j'appris l'anglais, l'italien, et Mme de B. elle-même
s'occupait de mes lectures. Elle guidait
mon esprit, formait mon jugement : en
causant avec elle, en découvrant tous
les trésors de son ame, je sentais la
mienne s'élever, et c'était l'admiration
qui m'ouvrait les voies de l'intelligence.
Hélas! je ne prévoyais pas que ces dou-
ces études seraient suivies de jours si
amers; je ne pensais qu'à plaire à Mme
de B., un sourire d'approbation sur ses
lèvres était tout mon avenir.

Cependant des lectures multipliées,
celles des poètes surtout, commen-
çaient à occuper ma jeune imagination; mais, sans but, sans projet, je
promenais au hasard mes pensées er-
rantes, et, avec la confiance de mon
jeune âge, je me disais que Mme de B.

saurait bien me rendre heureuse : sa
tendresse pour moi, la vie que je me-
nais, tout prolongeait mon erreur et
autorisait mon aveuglement. Je vais
vous donner un exemple des soins et
des préférences dont j'étais l'objet.

Vous aurez peut-être de la peine à
croire, en me voyant aujourd'hui, que
j'aie été citée pour l'élégance et la beauté
de ma taille. Mme de B. vantait souvent
ce qu'elle appelait ma grâce, et elle
avait voulu que je susse parfaitement
danser. Pour faire briller ce talent, ma
bienfaitrice donna un bal dont ses petits-fils furent le prétexte, mais dont le
véritable motif était de me montrer fort
à mon avantage dans un quadrille des
quatre parties du monde où je devais
représenter l'Afrique. On consulta les
voyageurs, on feuilleta les livres de cos-
tumes, on lut des ouvrages savans sur

la musique africaine, enfin on choisit
une *Comba*, danse nationale de mon
pays. Mon danseur mit un crêpe sur
son visage : hélas ! je n'eus pas besoin
d'en mettre sur le mien ; mais je ne fis
pas alors cette réflexion. Toute entière
au plaisir du bal, je dansai la *Comba*,
et j'eus tout le succès qu'on pouvait at-
tendre de la nouveauté du spectacle et
du choix des spectateurs, dont la plupart, amis de Mme de B., s'enthousias-
maient pour moi et croyaient lui faire
plaisir en se laissant aller à toute la vi-
vacité de ce sentiment. La danse d'ailleurs était piquante; elle se composait
d'un mélange d'attitudes et de pas me-
surés; on y peignait l'amour, la douleur, le triomphe et le désespoir. Je ne
connaissais encore aucun de ces mouvemens violens de l'ame, mais je ne sais
quel instinct me les faisait deviner; enfin je réussis. On m'applaudit, on m'en-

toura, on m'accabla d'éloges : ce plaisir fut sans mélange; rien ne troublait
alors ma sécurité. Ce fut peu de jours
après ce bal qu'une conversation, que
j'entendis par hasard, ouvrit mes yeux
et finit ma jeunesse.

Il y avait dans le salon de Mme de B.
un grand paravent de laque. Ce paravent cachait une porte ; mais il s'étendait
aussi près d'une des fenêtres, et , entre
le paravent et la fenêtre, se trouvait
une table où je dessinais quelquefois.
Un jour, je finissais avec application
une miniature; absorbée par mon tra-
vail, j'étais restée long-tems immobile,
et sans doute Mme de B. me croyait sor-
tie, lorsqu'on annonça une de ses amies,
la marquise de... C'était une personne
d'une raison froide, d'un esprit tran-
chant, positive jusqu'à la sécheresse ;
elle portait ce caractère dans l'amitié :

les sacrifices ne lui coûtaient rien pour
le bien et pour l'avantage de ses amis;
mais elle leur faisait payer cher ce grand
attachement. Inquisitive et difficile, son
exigence égalait son dévouement, et
elle était la moins aimable des amies de
Mme de B. Je la craignais, quoiqu'elle
fût bonne pour moi; mais elle l'était
à sa manière : examiner, et même assez
sévèrement, était pour elle un signe
d'intérêt. Hélas! j'étais si accoutumée à
la bienveillance, que la justice me semblait toujours redoutable. « Pendant
« que nous sommes seules, dit Mme de...
« à Mme de B., je veux vous parler d'Ou-
« rika : elle devient charmante, son es-
« prit est tout-à-fait formé, elle causera
« comme vous, elle est pleine de talens,
« elle est piquante, naturelle; mais
« que deviendra-t-elle? et enfin qu'en
« ferez-vous ? — Hélas! dit Mme de B.,
« cette pensée m'occupe souvent, et, je

« vous l'avoue, toujours avec tristesse :
« je l'aime comme si elle était ma fille ;
« je ferais tout pour la rendre heureuse ;
« et cependant, lorsque je réfléchis à
« sa position, je la trouve sans remède.
« Pauvre Ourika! je la vois seule , pour
« toujours seule dans la vie ! »

Il me serait impossible de vous peindre l'effet que produisit en moi ce peu
de paroles; l'éclair n'est pas plus
prompt; je vis tout ; je me vis négresse,
dépendante, méprisée, sans fortune,
sans appui, sans un être de mon espèce
à qui unir mon sort, jusqu'ici un jouet,
un amusement pour ma bienfaitrice,
bientôt rejetée d'un monde , où je n'é-
tais pas faite pour être admise. Une affreuse palpitation me saisit, mes yeux
s'obscurcirent, le battement de mon
cœur m'ôta un instant la faculté d'é-
couter encore; enfin je me remis assez

pour entendre la suite de cette conversation.

« Je crains, disait Mme de..., que vous
« ne la rendiez malheureuse. Que vou-
« lez-vous qui la satisfasse, maintenant
« qu'elle a passé sa vie dans l'intimité
« de votre société? — Mais elle y res-
« tera, dit Mme de B. — Oui, reprit
« Mme de..., tant qu'elle est une en-
« fant : mais elle a quinze ans; à qui la
« marierez-vous, avec l'esprit qu'elle a
« et l'éducation que vous lui avez don-
« née? Qui voudra jamais épouser une
« négresse? Et si, à force d'argent, vous
« trouvez quelqu'un qui consente à avoir
« des enfans nègres, ce sera un homme
« d'une condition inférieure, et avec
« qui elle se trouvera malheureuse. Elle
« ne peut vouloir que de ceux qui ne
« voudront pas d'elle. — Tout cela est
« vrai, dit Mme de B.; mais heureuse-

« ment elle ne s'en doute point encore,
« et elle a pour moi un attachement,
« qui, j'espère, la préservera long-tems
« de juger sa position. Pour la rendre
« heureuse, il eût fallu en faire une per-
« sonne commune : je crois sincère-
« ment que cela était impossible. Eh
« bien! peut-être sera-t-elle assez dis-
« tinguée pour se placer au dessus de
« son sort, n'ayant pu rester au des-
« sous. — Vous vous faites des chimè-
« res, dit Mme de... : la philosophie
« nous place au dessus des maux de la
« fortune, mais elle ne peut rien con-
« tre les maux qui viennent d'avoir brisé
« l'ordre de la nature. Ourika n'a pas
« rempli sa destinée : elle s'est placée
« dans la société sans sa permission ; la
« société se vengera. — Assurément, dit
« Mme de B., elle est bien innocente de
« ce crime ; mais vous êtes sévère pour
« cette pauvre enfant. — Je lui veux

« plus de bien que vous, reprit Mme
« de...; je désire son bonheur, et vous
« la perdez. » Mme de B. répondit avec
impatience, et j'allais être la cause d'une
querelle entre les deux amies, quand
on annonça une visite : je me glissai
derrière le paravent; je m'échappai, je
courus dans ma chambre, où un dé-
luge de larmes soulagea un instant mon
pauvre cœur.

C'était un grand changement dans
ma vie, que la perte de ce prestige qui
m'avait environnée jusqu'alors! Il y a
des illusions qui sont comme la lumière du jour : quand on les perd, tout
disparaît avec elles. Dans la confusion
des nouvelles idées qui m'assaillaient,
je ne retrouvais plus rien de ce qui m'a-
vait occupée jusqu'alors : c'était un
abîme avec toutes ses terreurs. Ce mépris dont je me voyais poursuivie; cette

société où j'étais déplacée; cet homme qui, à prix d'argent, consentirait peut-être que ses enfans fussent nègres? toutes ces pensées s'élevaient successivement comme des fantômes et s'attachaient sur moi comme des furies : l'isolement surtout; cette conviction que j'étais seule, pour toujours seule dans la vie, Mme de B. l'avait dit; et à chaque instant je me répétais, seule! pour toujours seule! La veille encore, que m'importait d'être seule? je n'en savais rien ; je ne le sentais pas; j'avais besoin de ce que j'aimais, je ne songeais pas que ce que j'aimais n'avait pas besoin de moi. Mais à présent, mes yeux étaient ouverts, et le malheur avait déjà fait entrer la défiance dans mon ame.

Quad je revins chez Mme de B., tout le monde fut frappé de mon changement; on me questionna : je dis que

j'étais malade; on le crut. Mme de B.
envoya chercher Barthez, qui m'exa-
mina avec soin, me tâta le pouls, et dit
brusquement que je n'avais rien. Mme de
B. se rassura, et essaya de me distraire
et de m'amuser. Je n'ose dire combien
j'étais ingrate pour ces soins de ma bienfaitrice; mon ame s'était comme res-
serrée en elle-même. Les bienfaits qui
sont doux à recevoir, sont ceux dont le
cœur s'acquitte : le mien était rempli
d'un sentiment trop amer pour se ré-
pandre au dehors. Des combinaisons
infinies des mêmes pensées occupaient
tout mon tems; elles se reproduisaient
sous mille formes différentes : mon imagination leur prêtait les couleurs les
plus sombres; souvent mes nuits entières se passaient à pleurer. J'épuisais ma
pitié sur moi-même; ma figure me faisait horreur, je n'osais plus me regarder dans une glace; lorsque mes yeux

se portaient sur mes mains noires, je
croyais voir celles d'un singe; je m'exa-
gérais ma laideur, et cette couleur me
paraissait comme le signe de ma répro-
bation; c'est elle qui me séparait de tous
les êtres de mon espèce, qui me con-
damnait à être seule, toujours seule!
jamais aimée! Un homme, à prix d'argent, consentirait peut-être que ses enfans fussent nègres! Tout mon sang se
soulevait d'indignation à cette pensée.
J'eus du moment l'idée de demander à
Mme de B. de me renvoyer dans mon
pays; mais là encore j'aurais été isolée:
qui m'aurait entendue, qui m'aurait
comprise? Hélas! je n'appartenais plus
à personne; j'étais étrangère à la race
humaine toute entière!

Ce n'est que bien long-tems après
que je compris la possibilité de me résigner à un tel sort. Mme de B. n'était

2

point dévote ; je devais à un prêtre respectable, qui m'avait instruite pour ma
première communion, ce que j'avais de
sentimens religieux. Ils étaient sincères
comme tout mon caractère ; mais je ne
savais pas que, pour être profitable, la
piété a besoin d'être mêlée à toutes les
actions de la vie : la mienne avait occupé quelques instans de mes journées,
mais elle était demeurée étrangère à tout
le reste. Mon confesseur était un saint
vieillard, peu soupçonneux ; je le voyais
deux ou trois fois par an, et, comme je
n'imaginais pas que des chagrins fussent des fautes, je ne lui parlais pas de
mes peines. Elles altéraient sensible-
ment ma santé ; mais, chose étrange !
elles perfectionnaient mon esprit. Un
sage d'Orient a dit : « Celui qui n'a pas
« souffert, que sait-il ? » Je vis que je
ne savais rien avant mon malheur ; mes
impressions étaient toutes des senti-

mens; je ne jugeais pas; j'aimais : les
discours, les actions, les personnes plai-
saient ou déplaisaient à mon cœur. A
présent, mon esprit s'était séparé de ces
mouvemens involontaires : le chagrin
est comme l'éloignement, il fait juger
l'ensemble des objets. Depuis que je
me sentais étrangère à tout, j'étais devenue plus difficile, et j'examinais, en
le critiquant, presque tout ce qui m'a-
vait plu jusqu'alors.

Cette disposition ne pouvait échap-
per à Mme de B.; je n'ai jamais su si elle
en devina la cause. Elle craignait peut-
être d'exalter ma peine en me permet-
tant de la confier : mais elle me mon-
trait encore plus de bonté que de coutume; elle me parlait avec un entier
abandon, et, pour me distraire de mes
chagrins, elle m'occupait de ceux qu'elle
avait elle-même. Elle jugeait bien mon

cœur ; je ne pouvais en effet me ratta-
cher à la vie, que par l'idée d'être nécessaire ou du moins utile à ma bienfaitrice. La pensée qui me poursuivait
le plus, c'est que j'étais isolée sur la
terre, et que je pouvais mourir sans
laisser de regrets dans le cœur de personne. J'étais injuste pour Mme de B.;
elle m'aimait, elle me l'avait assez prou-
vé ; mais elle avait des intérêts qui passaient bien avant moi. Je n'enviais pas
sa tendresse à ses petits-fils, surtout à
Charles ; mais j'aurais voulu pouvoir
dire comme eux : Ma mère!

Les liens de famille surtout me fai-
saient faire des retours bien douloureux
sur moi-même, moi qui jamais ne devais être la sœur, la femme, la mère de
personne ! Je me figurais dans ces liens
plus de douceur qu'ils n'en ont peut-
être, et je négligeais ceux qui m'étaient

permis, parce que je ne pouvais atteindre à ceux-là. Je n'avais point d'amie, personne n'avait ma confiance : ce que j'avais pour Mme de B. était plutôt un culte qu'une affection; mais je crois que je sentais pour Charles tout ce qu'on éprouve pour un frère.

Il était toujours au collége, qu'il allait bientôt quitter pour commencer ses voyages. Il partait avec son frère aîné et son gouverneur, et ils devaient visiter l'Allemagne, l'Angleterre et l'Italie ; leur absence devait durer deux ans. Charles était charmé de partir ; et moi, je ne fus affligée qu'au dernier moment ; car j'étais toujours bien aise de ce qui lui faisait plaisir. Je ne lui avais rien dit de toutes les idées qui m'occupaient; je ne le voyais jamais seul, et il m'aurait fallu bien du tems pour lui expliquer ma peine : je suis

sûre qu'alors il m'aurait comprise. Mais
il avait, avec son air doux et grave, une
disposition à la moquerie, qui me rendait timide : il est vrai qu'il ne l'exer-
çait guère que sur les ridicules de l'affectation ; tout ce qui était sincère le
désarmait. Enfin je ne lui dis rien. Son
départ, d'ailleurs, était une distraction,
et je crois que cela me faisait du bien
de m'affliger d'autre chose que de ma
douleur habituelle.

Ce fut peu de temp après le départ
de Charles, que la révolution prit un
caractère plus sérieux : je n'entendais
parler tout le jour, dans le salon de
Mme de B., que des grands intérêts mo-
raux et politiques que cette révolution
remua jusque dans leur source ; ils se
rattachaient à ce qui avait occupé les
esprits supérieurs de tous les tems. Rien
n'était plus capable d'étendre et de for-

mer mes idées, que le spectacle de cette
arène où des hommes distingués re-
mettaient chaque jour en question tout
ce qu'on avait pu croire jugé jusqu'a-
lors. Ils approfondissaient tous les su-
jets, remontaient à l'origine de toutes
les institutions, mais trop souvent pour
tout ébranler et pour tout détruire.

Croiriez-vous que, jeune comme j'é-
tais, étrangère à tous les intérêts de la
société, nourrissant à part ma plaie se-
crète, la révolution apporta un changement dans mes idées, fit naître dans
mon cœur quelques espérances, et sus-
pendit un moment mes maux? tant on
cherche vite ce qui peut consoler! J'en-
trevis donc que, dans ce grand désor-
dre, je pourrais trouver ma place; que
toutes les fortunes renversées, tous les
rangs confondus, tous les préjugés éva-
nouis, amèneraient peut-être un état de

choses où je serais moins étrangère; et
que si j'avais quelque supériorité d'ame,
quelque qualité cachée, on l'apprécie-
rait lorsque ma couleur ne m'isolerait
plus au milieu du monde, comme elle
avait fait jusqu'alors. Mais il arriva que
ces qualités mêmes que je pouvais me
trouver, s'opposèrent vite à mon illusion : je ne pus désirer long-tems beaucoup de mal pour un peu de bien per-
sonnel. D'un autre côté, j'apercevais
les ridicules de ces personnages qui
voulaient maîtriser les événemens; je
jugeais les petitesses de leurs caractè-
res, je devinais leurs vues secrètes;
bientôt leur fausse philanthropie cessa
de m'abuser, et je renonçai à l'espérance, en voyant qu'il restait encore
assez de mépris pour moi au milieu de
tant d'adversités. Cependant je m'intéressais toujours à ces discussions ani-
mées; mais elles ne tardèrent pas à

perdre ce qui faisait leur plus grand
charme. Déjà le tems n'était plus où
l'on ne songeait qu'à plaire, et où la
première condition pour y réussir était
l'oubli des succès de son amour-pro-
pre : lorsque la révolution cessa d'être
une belle théorie et qu'elle toucha aux
intérêts intimes de chacun, les conversations dégénérèrent en disputes, et
l'aigreur, l'amertume et les personna-
lités prirent la place de la raison. Quelquefois, malgré ma tristesse, je m'a-
musais de toutes ces violentes opi-
nions, qui n'étaient, au fond, presque
jamais que des prétentions, des affec-
tations, ou des peurs : mais la gaîté
qui vient de l'observation des ridicules,
ne fait pas de bien : il y a trop de ma-
lignité dans cette gaîté, pour qu'elle
puisse réjouir le cœur qui ne se plaît
que dans les joies innocentes. On peut
avoir cette gaîté moqueuse, sans ces-

ser d'être malheureux; peut-être même
le malheur rend-il plus susceptible de
l'éprouver, car l'amertume dont l'ame
se nourrit, fait l'aliment habituel de ce
triste plaisir.

L'espoir sitôt détruit que m'avait ins-
piré la révolution, n'avait point changé
la situation de mon ame; toujours mécontente de mon sort, mes chagrins
n'étaient adoucis que par la confiance
et les bontés de Mme de B. Quelquefois,
au milieu de ces conversations politiques dont elle ne pouvait réussir à calmer l'aigreur, elle me regardait triste-
ment; ce regard était un baume pour
mon cœur; il semblait me dire : Ourika, vous seule m'entendez!

On commençait à parler de la liberté
des nègres : il était impossible que cette
question ne me touchât pas vivement;

c'était une illusion que j'aimais encore
à me faire, qu'ailleurs, du moins, j'a-
vais des semblables : comme ils étaient
malheureux, je les croyais bons, et je
m'intéressais à leur sort. Hélas ! je fus
promptement détrompée ! Les massa-
cres de Saint-Domingue me causèrent
une douleur nouvelle et déchirante :
jusqu'ici je m'étais affligée d'appartenir
à une race proscrite ; maintenant j'avais
honte d'appartenir à une race de bar-
bares et d'assassins.

Cependant la révolution faisait des
progrès rapides ; on s'effrayait en voyant
les hommes les plus violens s'emparer
de toutes les places. Bientôt il parut
que ces hommes étaient décidés à ne
rien respecter : les affreuses journées
du 20 juin et du 10 août durent prépa-
rer à tout. Ce qui restait de la société
de Mme de B. se dispersa à cette époque :

les uns fuyaient les persécutions dans
les pays étrangers ; les autres se cachaient
ou se retiraient en province; Mme de B.
ne fit ni l'un ni l'autre ; elle était fixée
chez elle par l'occupation constante de
son cœur : elle resta avec un souvenir
et près d'un tombeau.

Nous vivions depuis quelques mois
dans la solitude , lorsque, à la fin de
l'année 1792, parut le décret de con-
fiscation des biens des émigrés. Au milieu de ce désastre général, Mme de B.
n'aurait pas compté la perte de sa fortune, si elle n'eût appartenu à ses petits-
fils ; mais, par des arrangemens de famille , elle n'en avait que la jouissance.
Elle se décida donc à faire revenir Charles , le plus jeune des deux frères, et à
envoyer l'aîné , âgé de près de vingt ans,
à l'armée de Condé. Ils étaient alors en
Italie, et achevaient ce grand voyage,

entrepris, deux ans auparavant, dans des circonstances bien différentes. Charles arriva à Paris au commencement de février 1793, peu de tems après la mort du Roi.

Ce grand crime avait causé à Mme de B. la plus violente douleur; elle s'y livrait toute entière, et son ame était assez forte, pour proportionner l'horreur du forfait à l'immensité du forfait même. Les grandes douleurs, dans la vieillesse, ont quelque chose de frappant : elles ont pour elles l'autorité de la raison. Mme de B. souffrait avec toute l'énergie de son caractère; sa santé en était altérée, mais je n'imaginais pas qu'on pût essayer de la consoler, ou même de la distraire. Je pleurais, je m'unissais à ses sentimens, j'essayais d'élever mon ame pour la rapprocher de la sienne, pour souffrir du moins autant qu'elle et avec elle.

Je ne pensai presque pas à mes peines, tant que dura la terreur; j'aurais
eu honte de me trouver malheureuse
en présence de ces grandes infortunes:
d'ailleurs, je ne me sentais plus isolée
depuis que tout le monde était malheureux. L'opinion est comme une patrie;
c'est un bien dont on jouit ensemble;
on est frère pour la soutenir et pour la
défendre. Je me disais quelquefois,
que moi, pauvre négresse, je tenais
pourtant à toutes les ames élevées, par
le besoin de la justice que j'éprouvais
en commun avec elles: le jour du triomphe de la vertu et de la vérité serait un
jour de triomphe pour moi comme
pour elles: mais, hélas! ce jour était
bien loin.

Aussitôt que Charles fut arrivé, Mme
de B. partit pour la campagne. Tous
ses amis étaient cachés ou en fuite; sa

société se trouvait presque réduite à un vieil abbé que, depuis dix ans, j'entendais tous les jours se moquer de la religion, et qui à présent s'irritait qu'on eût vendu les biens du clergé, parce qu'il y perdait vingt mille livres de rente. Cet abbé vint avec nous à Saint-Germain. Sa société était douce, ou plutôt elle était tranquille : car son calme n'avait rien de doux; il venait de la tournure de son esprit, plutôt que de la paix de son cœur.

Mme de B. avait été toute sa vie dans la position de rendre beaucoup de services : liée avec M. de Choiseul, elle avait pu, pendant ce long ministère, être utile à bien des gens. Deux des hommes les plus influens pendant la terreur avaient des obligations à Mme de B.; ils s'en souvinrent et se montrèrent reconnaissans. Veillant sans cesse

sur elle, ils ne permirent pas qu'elle
fût atteinte; ils risquèrent plusieurs
fois leurs vies pour dérober la sienne
aux fureurs révolutionnaires : car on
doit remarquer qu'à cette époque fu-
neste, les chefs mêmes des partis les
plus violens ne pouvaient faire un peu
de bien sans danger; il semblait, que
sur cette terre désolée, on ne pût ré-
gner que par le mal, tant lui seul donnait et ôtait la puissance. Mme de B.
n'alla point en prison; elle fut gardée
chez elle, sous prétexte de sa mauvaise
santé. Charles, l'abbé et moi, nous restâmes auprès d'elle et nous lui donnions
tous nos soins.

Rien ne peut peindre l'état d'anxiété
et de terreur des journées que nous passâmes alors, lisant chaque soir, dans les
journaux, la condamnation et la mort
des amis de Mme de B., et tremblant à

tout instant que ses protecteurs n'eussent plus le pouvoir de la garantir du
même sort. Nous sûmes qu'en effet elle
était au moment de périr, lorsque la
mort de Robespierre mit un terme à tant
d'horreurs. On respira ; les gardes quit-
tèrent la maison de Mme de B., et nous
restâmes tous quatre dans la même solitude, comme on se retrouve, j'imagine,
après une grande calamité à laquelle on
a échappé ensemble. On aurait cru que
tous les liens s'étaient resserrés par le
malheur : j'avais senti que là, du moins,
je n'étais pas étrangère.

Si j'ai connu quelques instans doux
dans ma vie, depuis la perte des illusions de mon enfance, c'est l'époque qui
suivit ces tems désastreux. Mme de B.
possédait au suprême degré ce qui fait le
charme de la vie intérieure : indulgente
et facile, on pouvait tout dire devant

elle ; elle savait deviner ce que voulait
dire ce qu'on avait dit. Jamais une in-
terprétation sévère ou infidèle ne venait glacer la confiance ; les pensées
passaient pour ce qu'elles valaient;
on n'était responsable de rien. Cette
qualité eût fait le bonheur des amis de
Mme de B., quand bien même elle n'eût
possédé que celle-là. Mais combien d'autres grâces n'avait-elle pas encore! Jamais on ne sentait de vide ni d'ennui
dans sa conversation ; tout lui servait
d'aliment : l'intérêt qu'on prend aux petites choses, qui est de la futilité dans
les personnes communes, est la source
de mille plaisirs avec une personne dis-
tinguée; car c'est le propre des esprits
supérieurs, de faire quelque chose de
rien. L'idée la plus ordinaire devenait
féconde si elle passait par la bouche de
Mme de B.; son esprit et sa raison sa-
vaient la revêtir de mille nouvelles couleurs.

Charles avait des rapports de carac-
tère avec Mme de B., et son esprit aussi
ressemblait au sien, c'est-à-dire qu'il
était ce que celui de Mme de B. avait dû
être, juste, ferme, étendu, mais sans
modifications; la jeunesse ne les con-
naît pas : pour elle, tout est bien, ou,
tout est mal, tandis que l'écueil de la
vieillesse est souvent de trouver, que
rien n'est tout-à-fait bien, et rien tout-
à-fait mal. Charles avait les deux belles
passions de son âge, la justice et la vérité. J'ai dit qu'il haïssait jusqu'à l'ombre de l'affectation; il avait le défaut
d'en voir quelquefois où il n'y en avait
pas. Habituellement contenu, sa confiance était flatteuse; on voyait qu'il la
donnait, qu'elle était le fruit de l'estime,
et non le penchant de son caractère :
tout ce qu'il accordait avait du prix,
car presque rien en lui n'était involon-
taire, et tout cependant était naturel. Il

comptait tellement sur moi, qu'il n'avait
pas une pensée qu'il ne me dît aussitôt.
Le soir, assis autour d'une table, les
conversations étaient infinies : notre
vieil abbé y tenait sa place ; il s'était fait
un enchaînement si complet d'idées
fausses, et il les soutenait avec tant de
bonne foi, qu'il était une source inépui-
sable d'amusement pour Mme de B.,
dont l'esprit juste et lumineux faisait
admirablement ressortir les absurdités
du pauvre abbé, qui ne se fâchait jamais ; elle jetait tout au travers de son
ordre d'idées, de grands traits de bon
sens que nous comparions aux grands
coups d'épée de Roland ou de Charle-
magne.

Mme de B. aimait à marcher ; elle se
promenait tous les matins dans la forêt
de Saint-Germain, donnant le bras à
l'abbé ; Charles et moi nous la suivions

de loin. C'est alors qu'il me parlait de
tout ce qui l'occupait, de ses projets,
de ses espérances, de ses idées surtout,
sur les choses, sur les hommes, sur les
événemens. Il ne me cachait rien, et
il ne se doutait pas qu'il me confiât
quelque chose. Depuis si long-tems il
comptait sur moi, que mon amitié était
pour lui comme sa vie; il en jouissait
sans la sentir; il ne me demandait ni
intérêt ni attention; il savait bien qu'en
me parlant de lui, il me parlait de moi,
et que j'étais plus *lui* que lui-même :
charme d'une telle confiance, vous pou-
vez tout remplacer, remplacer le bonheur même!

Je ne pensais jamais à parler à Charles
de ce qui m'avait tant fait souffrir; je
l'écoutais, et ces conversations avaient
sur moi je ne sais quel effet magique,
qui amenait l'oubli de mes peines.

S'il m'eût questionnée, il m'en eût fait
souvenir; alors je lui aurais tout dit :
mais il n'imaginait pas que j'avais aussi
un secret. On était accoutumé à me voir
souffrante; et Mme de B. faisait tant pour
mon bonheur qu'elle devait me croire
heureuse. J'aurais dû l'être; je me le
disais souvent; je m'accusais d'ingratitude ou de folie; je ne sais si j'aurais
osé avouer jusqu'à quel point ce mal
sans remède de ma couleur me rendait
malheureuse. Il y a quelque chose d'hu-
miliant à ne pas savoir se soumettre à
la nécessité : aussi, ces douleurs, quand
elles maîtrisent l'ame, ont tous les ca-
ractères du désespoir. Ce qui m'intimi-
dait aussi avec Charles, c'est cette tournure un peu sévère de ses idées. Un
soir la conversation s'était établie sur
la pitié, et on se demandait si les chagrins inspirent plus d'intérêt par leurs
résultats ou par leurs causes. Charles

s'était prononcé pour la cause; il pen-
sait donc qu'il fallait que toutes les
douleurs fussent raisonnables. Mais qui
peut dire ce que c'est que la raison?
est-elle la même pour tout le monde?
tous les cœurs ont-ils tous, les mêmes
besoins? et le malheur n'est-il pas la
privation des besoins du cœur?

Il était rare cependant que nos conversations du soir me ramenassent ainsi
à moi-même; je tâchais d'y penser le
moins que je pouvais; j'avais ôté de
ma chambre tous les miroirs, je portais
toujours des gants; mes vêtemens cachaient mon cou et mes bras, et j'avais
adopté, pour sortir, un grand chapeau
avec un voile, que souvent même je
gardais dans la maison. Hélas! je me
trompais ainsi moi-même : comme les
enfans, je fermais les yeux, et je croyais
qu'on ne me voyait pas.

Vers la fin de l'année 1795, la terreur était finie, et l'on commençait à se retrouver ; les débris de la société de Mme de B. se réunirent autour d'elle, et je vis avec peine le cercle de ses amis s'augmenter. Ma position était si fausse dans le monde, que plus la société rentrait dans son ordre naturel, plus je m'en sentais dehors. Toutes les fois que je voyais arriver chez Mme de B. des personnes qui n'y étaient pas encore venues, j'éprouvais un nouveau tourment. L'expression de surprise mêlée de dédain que j'observais sur leur physionomie, commençait à me troubler ; j'étais sûre d'être bientôt l'objet d'un aparté dans l'embrasure de la fenêtre, ou d'une conversation à voix basse : car il fallait bien se faire expliquer comment une négresse était admise dans la société intime de Mme de B. Je souffrais le martyre pendant ces éclaircissemens ; j'au-

rais voulu être transportée dans ma patrie barbare, au milieu des sauvages
qui l'habitent, moins à craindre pour
moi, que cette société cruelle qui me
rendait responsable du mal qu'elle seule
avait fait. J'étais poursuivie, plusieurs
jours de suite, par le souvenir de cette
physionomie dédaigneuse; je la voyais
en rêve, je la voyais à chaque instant;
elle se plaçait devant moi comme ma
propre image. Hélas! elle était celle
des chimères dont je me laissais obsé-
der! Vous ne m'aviez pas encore appris,
ô mon Dieu! à conjurer ces fantômes;
je ne savais pas qu'il n'y a de repos
qu'en vous.

A présent, c'était dans le cœur de
Charles que je cherchais un abri; j'é-
tais fière de son amitié, je l'étais encore
plus de ses vertus; je l'admirais comme
ce que je connaissais de plus parfait

3

sur la terre. J'avais cru autrefois aimer
Charles comme un frère ; mais depuis
que j'étais toujours souffrante, il me
semblait que j'étais vieillie, et que ma
tendresse pour lui ressemblait plutôt
à celle d'une mère. Une mère, en effet,
pouvait seule éprouver ce désir passionné de son bonheur, de ses succès;
j'aurais volontiers donné ma vie pour
lui épargner un moment de peine. Je
voyais bien avant lui l'impression qu'il
produisait sur les autres ; il était assez
heureux pour ne s'en pas soucier : c'est
tout simple; il n'avait rien à en redou-
ter, rien ne lui avait donné cette in-
quiétude habituelle que j'éprouvais sur
les pensées des autres; tout était har-
monie dans son sort, tout était désac-
cord dans le mien.

Un matin, un ancien ami de Mme de
B. vint chez elle; il était chargé d'une

proposition de mariage pour Charles : Mlle de Thémines était devenue, d'une manière bien cruelle, une riche héritière; elle avait perdu le même jour, sur l'échafaud, sa famille entière; il ne lui restait plus qu'une grande tante, autrefois religieuse, et qui, devenue tutrice de Mlle de Thémines, regardait comme un devoir de la marier, et voulait se presser, parce qu'ayant plus de quatre-vingts ans, elle craignait de mourir et de laisser ainsi sa nièce seule et sans appui dans le monde. Mlle de Thémines réunissait tous les avantages de la naissance, de la fortune et de l'éducation; elle avait seize ans; elle était belle comme le jour : on ne pouvait hésiter. Mme de B. en parla à Charles, qui d'abord fut un peu effrayé de se marier si jeune : bientôt il désira voir Mlle de Thémines; l'entrevue eut lieu, et alors il n'hésita plus. Anaïs de Thé-

mines possédait en effet tout ce qui pouvait plaire à Charles; jolie sans s'en
douter, et d'une modestie si tranquille,
qu'on voyait qu'elle ne devait qu'à la
nature cette charmante vertu. Mme de
Thémines permit à Charles d'aller chez
elle, et bientôt il devint passionnément
amoureux. Il me racontait les progrès
de ses sentimens : j'étais impatiente de
voir cette belle Anaïs, destinée à faire
le bonheur de Charles. Elle vint enfin
à Saint-Germain; Charles lui avait parlé
de moi; je n'eus point à supporter d'elle
ce coup-d'œil dédaigneux et scrutateur
qui me faisait toujours tant de mal :
elle avait l'air d'un ange de bonté. Je
lui promis qu'elle serait heureuse
avec Charles; je la rassurai sur sa jeunesse, je lui dis qu'à vingt-un ans il
avait la raison solide d'un âge bien plus
avancé. Je répondis à toutes ses questions : elle m'en fit beaucoup, parce

qu'elle savait que je connaissais Charles depuis son enfance ; et il m'était si
doux d'en dire du bien, que je ne me
lassais pas d'en parler.

Les arrangemens d'affaires retardè-
rent de quelques semaines la conclu-
sion du mariage. Charles continuait à
aller chez Mme de Thémines, et souvent
il restait à Paris deux ou trois jours de
suite : ces absences m'affligeaient, et
j'étais mécontente de moi-même, en
voyant que je préférais mon bonheur à
celui de Charles ; ce n'est pas ainsi que
j'étais accoutumée à aimer. Les jours
où il revenait, étaient des jours de fête ;
il me racontait ce qui l'avait occupé ; et
s'il avait fait quelques progrès dans le
cœur d'Anaïs, je m'en réjouissais avec
lui. Un jour pourtant il me parla de la
manière dont il voulait vivre avec elle :
« Je veux obtenir toute sa confiance,

« me dit-il, et lui donner toute la
« mienne ; je ne lui cacherai rien, elle
« saura toutes mes pensées, elle con-
« naîtra tous les mouvemens secrets de
« mon cœur ; je veux qu'il y ait entre
« elle et moi une confiance comme la
« nôtre, Ourika. » Comme la nôtre! Ce
mot me fit mal, il me rappela que Charles ne savait pas le seul secret de ma
vie, et il m'ôta le désir de le lui confier.
Peu à peu les absences de Charles de-
vinrent plus longues ; il n'était presque
plus à Saint-Germain que des instans ;
il venait à cheval pour mettre moins de
tems en chemin, il retournait l'après-
dînée à Paris ; de sorte que tous les soirs
se passaient sans lui. Mme de B. plaisan-
tait souvent de ces longues absences ;
j'aurais bien voulu faire comme elle!

Un jour, nous nous promenions dans
la forêt. Charles avait été absent pres-

que toute la semaine : je l'aperçus tout
à coup à l'extrémité de l'allée où nous
marchions; il venait à cheval, et très-
vite. Quand il fut près de l'endroit où
nous étions, il sauta à terre et se mit à
se promener avec nous : après quelques
minutes de conversation générale, il
resta en arrière avec moi, et nous re-
commençâmes à causer comme autrefois; j'en fis la remarque. « Comme au-
« trefois! s'écria-t-il; ah! quelle diffé-
« rence! avais-je donc quelque chose à
« dire dans ce tems-là? Il me semble
« que je n'ai commencé à vivre que de-
« puis deux mois. Ourika, je ne vous
« dirai jamais ce que j'éprouve pour
« elle! Quelquefois je crois sentir que
« mon ame tout entière va passer dans
« la sienne. Quand elle me regarde, je
« ne respire plus; quand elle rougit, je
« voudrais me prosterner à ses pieds
« pour l'adorer. Quand je pense que je

« vais être le protecteur de cet ange,
« qu'elle me confie sa vie, sa destinée;
« ah! que je suis glorieux de la mienne!
« Que je la rendrai heureuse! Je serai
« pour elle le père, la mère qu'elle a
« perdus : mais je serai aussi son mari,
« son amant! Elle me donnera son pre-
« mier amour; tout son cœur s'épan-
« chera dans le mien ; nous vivrons de
« la même vie, et je ne veux pas que,
« dans le cours de nos longues années,
« elle puisse dire qu'elle ait passé une
« heure sans être heureuse. Quelles dé-
« lices, Ourika, de penser qu'elle sera
« la mère de mes enfans, qu'ils puise-
« ront la vie dans le sein d'Anaïs! Ah!
« ils seront doux et beaux comme elle!
« Qu'ai-je fait, ô Dieu! pour mériter
« tant de bonheur! »

Hélas! j'adressais en ce moment au
ciel une question toute contraire! De-

puis quelques instans , j'écoutais ces paroles passionnées avec un sentiment indéfinissable. Grand Dieu! vous êtes témoin que j'étais heureuse du bonheur de Charles : mais pourquoi avez-vous donné la vie à la pauvre Ourika? pourquoi n'est-elle pas morte sur ce bâtiment négrier d'où elle fut arrachée, ou sur le sein de sa mère? Un peu de sable d'Afrique eût recouvert son corps, et ce fardeau eût été bien léger! Qu'importait au monde qu'Ourika vécût? Pourquoi était-elle condamnée à la vie? C'était donc pour vivre seule , toujours seule , jamais aimée! O mon Dieu, ne le permettez pas! Retirez de la terre la pauvre Ourika! Personne n'a besoin d'elle : n'est-elle pas seule dans la vie? Cette affreuse pensée me saisit avec plus de violence qu'elle n'avait encore fait. Je me sentis fléchir , je tombai sur les

3.

genoux, mes yeux se fermèrent, et je
crus que j'allais mourir.

En achevant ces paroles, l'oppression de la pauvre religieuse parut s'augmenter ; sa voix s'altéra, et quelques
larmes coulèrent le long de ses joues
flétries. Je voulus l'engager à suspendre
son récit ; elle s'y refusa. « Ce n'est rien,
« me dit-elle ; maintenant le chagrin
« ne dure pas dans mon cœur : la ra-
« cine en est coupée. Dieu a eu pitié de
« moi ; il m'a retirée lui-même de cet
« abîme où je n'étais tombée que faute
« de le connaître et de l'aimer. N'ou-
« bliez donc pas que je suis heureuse :
« mais, hélas, ajouta-t-elle, je ne l'étais
« point alors. »

Jusqu'à l'époque dont je viens de
vous parler, j'avais supporté mes peines ; elles avaient altéré ma santé, mais

j'avais conservé ma raison et une sorte
d'empire sur moi-même : mon chagrin,
comme le ver qui dévore le fruit, avait
commencé par le cœur; je portais dans
mon sein le germe de la destruction ,
lorsque tout était encore plein de vie
au dehors de moi. La conversation me
plaisait, la discussion m'animait; j'a-
vais même conservé une sorte de gaîté
d'esprit; mais j'avais perdu les joies du
cœur. Enfin jusqu'à l'époque dont je
viens de vous parler, j'étais plus forte
que mes peines ; je sentais qu'à présent
mes peines seraient plus fortes que moi.

Charles me rapporta dans ses bras
jusqu'à la maison; là tous les secours
me furent donnés, et je repris connaissance. En ouvrant les yeux, je vis Mme
de B. à côté de mon lit; Charles me tenait une main; ils m'avaient soignée
eux-mêmes, et je vis sur leurs visages

un mélange d'anxiété et de douleur qui
pénétra jusqu'au fond de mon ame : je
sentis la vie revenir en moi ; mes pleurs
coulèrent. Mme de B. les essuyait dou-
cement ; elle ne me disait rien, elle ne
me faisait point de questions : Charles
m'en accabla. Je ne sais ce que je lui
répondis ; je donnai pour cause à mon
accident le chaud, la longueur de la
promenade : il me crut, et l'amertume
rentra dans mon ame en voyant qu'il
me croyait : mes larmes se séchèrent ;
je me dis qu'il était donc bien facile de
tromper ceux dont l'intérêt était ailleurs ;
je retirai ma main qu'il tenait encore,
et je cherchai à paraître tranquille.
Charles partit, comme de coutume, à
cinq heures ; j'en fus blessée ; j'aurais
voulu qu'il fût inquiet de moi : je souffrais tant! Il serait parti de même, je
l'y aurais forcé ; mais je me serais dit,
qu'il me devait le bonheur de sa soirée,

et cette pensée m'eût consolée. Je me
gardai bien de montrer à Charles ce
mouvement de mon cœur; les sentimens délicats ont une sorte de pudeur;
s'ils ne sont devinés, ils sont incom-
plets : on dirait qu'on ne peut les éprouver qu'à deux.

A peine Charles fut-il parti, que la
fièvre me prit avec une grande violence;
elle augmenta les deux jours suivans.
Mme de B. me soignait avec sa bonté
accoutumée : elle était désespérée de
mon état, et de l'impossibilité de me
faire transporter à Paris, où le mariage
de Charles l'obligeait à se rendre le
lendemain. Les médecins dirent à Mme
de B. qu'ils répondaient de ma vie si
elle me laissait à Saint-Germain; elle
s'y résolut, et elle me montra en par-
tant une affection si tendre, qu'elle
calma un moment mon cœur. Mais

après son départ, l'isolement complet, réel, où je me trouvais pour la première fois de ma vie, me jeta dans un profond désespoir. Je voyais se réaliser cette situation que mon imagination s'était peinte tant de fois; je mourais loin de ce que j'aimais, et mes tristes gémissemens ne parvenaient pas même à leurs oreilles : hélas! ils eussent troublé leur joie. Je les voyais, s'abandonnant à toute l'ivresse du bonheur, loin d'Ourika mourante. Ourika n'avait qu'eux dans la vie ; mais eux n'avaient pas besoin d'Ourika : personne n'avait besoin d'elle! Cet affreux sentiment de l'inutilité de l'existence, est celui qui déchire le plus profondément le cœur: il me donna un tel dégoût de la vie, que je souhaitai sincèrement mourir de la maladie dont j'étais attaquée. Je ne parlais pas, je ne donnais presque aucun signe de connaissance, et cette seule pensée était bien distincte en moi:

je voudrais mourir. Dans d'autres mo-
mens, j'étais plus agitée ; je me rappe-
lais tous les mots de cette dernière conversation que j'avais eue avec Charles
dans la forêt ; je le voyais nageant dans
cette mer de délices qu'il m'avait dé-
peinte, tandis que je mourais abandon-
née, seule dans la mort comme dans la
vie. Cette idée me donnait une irrita-
tion plus pénible encore que la douleur.
Je me créais des chimères pour satis-
faire à ce nouveau sentiment ; je me
représentais Charles arrivant à Saint-
Germain ; on lui disait : Elle est morte.
Eh bien ! le croiriez-vous ? je jouissais
de sa douleur ; elle me vengeait ; et de
quoi ? grand Dieu ! de ce qu'il avait été
l'ange protecteur de ma vie ? Cet affreux
sentiment me fit bientôt horreur ; j'en-
trevis que si la douleur n'était pas une
faute, s'y livrer comme je le faisais pouvait être criminel. Mes idées prirent

alors un autre cours; j'essayai de me
vaincre, de trouver en moi-même une
force pour combattre les sentimens qui
m'agitaient; mais je ne la cherchais
point, cette force, où elle était. Je me
fis honte de mon ingratitude. Je mour-
rai, me disais-je, je veux mourir; mais
je ne veux pas laisser les passions hai-
neuses approcher de mon cœur. Ourika
est un enfant déshérité; mais l'innocence lui reste : je ne la laisserai pas se
flétrir en moi par l'ingratitude. Je pas-
serai sur la terre comme une ombre;
mais, dans le tombeau, j'aurai la paix.
O mon Dieu! ils sont déjà bien heureux :
eh bien! donnez-leur encore la part
d'Ourika, et laissez-la mourir comme la
feuille tombe en automne. N'ai-je donc
pas assez souffert!

Je ne sortis de la maladie qui avait
mis ma vie en danger, que pour tom-

ber dans un état de langueur où le chagrin avait beaucoup de part. Mme de B. s'établit à St.-Germain après le mariage de Charles ; il y venait souvent accompagné d'Anaïs, jamais sans elle. Je souffrais toujours davantage quand ils étaient là. Je ne sais si l'image du bonheur me rendait plus sensible ma propre infortune, ou si la présence de Charles réveillait le souvenir de notre ancienne amitié ; je cherchais quelquefois à le retrouver, et je ne le reconnaissais plus. Il me disait pourtant à peu près tout ce qu'il me disait autrefois : mais son amitié présente ressemblait à son amitié passée, comme la fleur artificielle ressemble à la fleur véritable : c'est la même chose, hors la vie et le parfum.

Charles attribuait au dépérissement de ma santé le changement de mon ca-

ractère; je crois que Mme de B. jugeait mieux le triste état de mon ame,
qu'elle devinait mes tourmens secrets,
et qu'elle en était vivement affligée :
mais le tems n'était plus où je conso-
lais les autres ; je n'avais plus pitié qué
de moi-même.

Anaïs devint grosse, et nous retour-
nâmes à Paris : ma tristesse augmentait
chaque jour. Ce bonheur intérieur si
paisible, ces liens de famille si doux!
cet amour dans l'innocence, toujours
aussi tendre, aussi passionné; quel
spectacle pour une malheureuse destinée à passer sa triste vie dans l'isolement! à mourir sans avoir été aimée,
sans avoir connu d'autres liens, que
ceux de la dépendance et de la pitié!
Les jours, les mois se passaient ainsi; je
ne prenais part à aucune conversation,
j'avais abandonné tous mes talens; si

je supportais quelques lectures, c'é-
taient celles où je croyais retrouver la
peinture imparfaite des chagrins qui
me dévoraient. Je m'en faisais un nouveau poison, je m'enivrais de mes larmes; et, seule dans ma chambre pendant des heures entières, je m'aban-
donnais à ma douleur.

La naissance d'un fils mit le comble
au bonheur de Charles; il accourut
pour me le dire, et dans les transports
de sa joie, je reconnus quelques ac-
cens de son ancienne confiance. Qu'ils
me firent mal! Hélas! c'était la voix de
l'ami que je n'avais plus! et tous les
souvenirs du passé, venaient à cette
voix, déchirer de nouveau ma plaie.

L'enfant de Charles était beau comme
Anaïs; le tableau de cette jeune mère
avec son fils touchait tout le monde :

moi seule, par un sort bizarre, j'étais
condamnée à le voir avec amertume;
mon cœur dévorait cette image d'un
bonheur que je ne devais jamais connaître, et l'envie, comme le vautour, se
nourrissait dans mon sein. Qu'avais-je
fait à ceux qui crurent me sauver en
m'amenant sur cette terre d'exil? Pourquoi ne me laissait-on pas suivre mon
sort? Eh bien! je serais la négresse es-
clave de quelque riche colon; brûlée
par le soleil, je cultiverais la terre d'un
autre : mais j'aurais mon humble ca-
bane pour me retirer le soir; j'aurais un
compagnon de ma vie, et des enfans de
ma couleur, qui m'appelleraient : Ma
mère! ils appuieraient sans dégoût leur
petite bouche sur mon front; ils repo-
seraient leur tête sur mon cou, et s'en-
dormiraient dans mes bras! Qu'ai-je
fait pour être condamnée à n'éprouver
jamais les affections pour lesquelles

seules mon cœur est créé! O mon Dieu!
ôtez-moi de ce monde; je sens que je
ne puis plus supporter la vie.

A genoux dans ma chambre, j'adressais au Créateur cette prière impie,
quand j'entendis ouvrir ma porte : c'é-
tait l'amie de Mme de B., la marquise
de...., qui était revenue depuis de l'Angleterre, où elle avait passé plusieurs
années. Je la vis avec effroi arriver près
de moi; sa vue me rappelait toujours
que, la première, elle avait révélé mon
sort; qu'elle m'avait ouvert cette mine
de douleurs où j'avais tant puisé. Depuis qu'elle était à Paris, je ne la
voyais qu'avec un sentiment pénible.

« Je viens vous voir et causer avec
« vous, ma chère Ourika, me dit-elle.
« Vous savez combien je vous aime de-
« puis votre enfance, et je ne puis voir,

« sans une véritable peine, la mélanco-
« lie dans laquelle vous vous plongez.
« Est-il possible, avec l'esprit que vous
« avez, que vous ne sachiez pas tirer un
« meilleur parti de votre situation?—
« L'esprit, Madame, lui répondis-je,
« ne sert guère, qu'à augmenter les
« maux véritables, il les fait voir sous
« tant de formes diverses!—Mais re-
« prit-elle, lorsque les maux sont sans
« remède, n'est-ce pas une folie de re-
« fuser de s'y soumettre, et de lutter
« ainsi contre la nécessité? car enfin,
« nous ne sommes pas les plus forts.—
« Cela est vrai, dis-je; mais il me sem-
« ble que, dans ce cas, la nécessité est
« un mal de plus. — Vous conviendrez
« pourtant, Ourika, que la raison con-
« seille alors de se résigner et de se dis-
« traire. — Oui, Madame; mais, pour
« se distraire, il faut entrevoir ailleurs
« l'espérance.—Vous pourriez du moins

« vous faire des goûts et des occupations
« pour remplir votre tems. — Ah! Ma-
« dame, les goûts qu'on se fait, sont un
« effort, et ne sont pas un plaisir. —
« Mais, dit-elle encore, vous êtes rem-
« plie de talens. — Pour que les talens
« soient une ressource, Madame, lui
« répondis-je, il faut se proposer un
« but; mes talens seraient comme la
« fleur du poète anglais*, qui perdait
« son parfum dans le désert. — Vous
« oubliez vos amis qui en jouiraient. —
« Je n'ai point d'amis, Madame; j'ai
« des protecteurs, et cela est bien diffé-
« rent! — Ourika, dit-elle, vous vous
« rendez bien malheureuse, et bien inu-
« tilement. — Tout est inutile dans ma
« vie, Madame, même ma douleur. —
« Comment pouvez-vous prononcer un

---

* Born to blush unseen
And waste its sweetness in the desert air. GRAY.

« mot si amer! vous, Ourika, qui vous
« êtes montrée si dévouée, lorsque vous
« restiez seule à Mme de B. pendant la
« terreur?—Hélas! Madame, je suis
« comme ces génies malfaisans qui
« n'ont de pouvoir que dans les tems de
« calamités, et que le bonheur fait fuir.
« —Confiez-moi votre secret, ma chère
« Ourika; ouvrez-moi votre cœur; per-
« sonne ne prend à vous plus d'intérêt
« que moi, et peut-être que je vous fe-
« rai du bien. —Je n'ai point de secret,
« Madame, lui répondis-je, ma position
« et ma couleur sont tout mon mal,
« vous le savez. —Allons donc, reprit-
« elle, pouvez-vous nier que vous ren-
« fermez au fond de votre ame une
« grande peine? Il ne faut que vous
« voir un instant pour en être sûr. » Je
persistai à lui dire ce que je lui avais
déjà dit; elle s'impatienta, éleva la voix;
je vis que l'orage allait éclater. « Est-ce

« là votre bonne foi, dit-elle? cette
« sincérité pour laquelle on vous vante?
« Ourika, prenez-y garde; la réserve
« quelquefois conduit à la fausseté. —
« Eh! que pourrais-je vous confier, Ma-
« dame, lui dis-je, à vous surtout qui,
« depuis si long-temps avez prévu quel
« serait le malheur de ma situation? A
« vous, moins qu'à personne, je n'ai
« rien de nouveau à dire là-dessus. —
« C'est ce que vous ne me persuaderez
« jamais, répliqua-t-elle; mais puisque
« vous me refusez votre confiance, et
« que vous assurez que vous n'avez
« point de secret, eh bien! Ourika, je
« me chargerai de vous apprendre que
« vous en avez un. Oui, Ourika, tous vos
« regrets, toutes vos douleurs ne vien-
« nent que d'une passion malheureuse,
« d'une passion insensée; et, si vous
« n'étiez pas folle d'amour pour Char-
« les, vous prendriez fort bien votre

4

« parti d'être négresse. Adieu, Ourika ,
« je m'en vais , et , je vous le déclare,
« avec bien moins d'intérêt pour vous
« que je n'en avais apporté en venant
« ici. »

Elle sortit en achevant ces paroles.
Je demeurai anéantie. Que venait-elle
de me révéler ! Quelle lumière affreuse
avait-elle jetée sur l'abîme de mes douleurs ! Grand Dieu ! c'était comme la
lumière qui pénétra une fois au fond
des enfers , et qui fit regretter les ténè-
bres à ses malheureux habitans. Quoi !
j'avais une passion criminelle ! c'est elle
qui , jusqu'ici , dévorait mon cœur ! Ce
désir de tenir ma place dans la chaîne
des êtres , ce besoin des affections de
la nature, cette douleur de l'isolement,
c'étaient les regrets d'un amour cou-
-pable ! et lorsque je croyais envier l'i-
mage du bonheur, c'est le bonheur lui-

même qui était l'objet de mes vœux impies! Mais qu'ai-je donc fait pour qu'on puisse me croire atteinte de cette passion sans espoir? Est-il donc impossible d'aimer plus que sa vie avec innocence? Cette mère qui se jeta dans la gueule du lion pour sauver son fils, quel sentiment l'animait? Ces frères, ces sœurs qui voulurent mourir ensemble sur l'échafaud, et qui priaient Dieu avant d'y monter, était-ce donc un amour coupable qui les unissait? L'humanité seule ne produit-elle pas tous les jours des dévouemens sublimes? Pourquoi donc ne pourrais-je aimer ainsi Charles, le compagnon de mon enfance, le protecteur de ma jeunesse? . . . . . Et cependant, je ne sais quelle voix crie au fond de moi-même, qu'on a raison, et que je suis criminelle. Grand Dieu! je vais donc recevoir aussi le remords dans mon cœur

désolé! Il faut qu'Ourika connaisse tous
les genres d'amertume, qu'elle épuise
toutes les douleurs! Quoi! mes larmes
désormais seront coupables! il me sera
défendu de penser à lui! quoi! je n'o-
serai plus souffrir!

Ces affreuses pensées me jetèrent dans
un accablement qui ressemblait à la
mort. La même nuit, la fièvre me prit, et,
en moins de trois jours, on désespéra
de ma vie : le médecin déclara que, si
l'on voulait me faire recevoir mes sa-
cremens, il n'y avait pas un instant à
perdre. On envoya chercher mon confesseur; il était mort depuis peu de
jours. Alors Mme de B.... fit avertir un
prêtre de la paroisse; il vint et m'ad-
ministra l'extrême-onction, car j'étais
hors d'état de recevoir le viatique; je
n'avais aucune connaissance, et on at-
tendait ma mort à chaque instant. C'est

sans doute alors que Dieu eut pitié de
moi; il commença par me conserver la
vie : contre toute attente, mes forces
se soutinrent. Je luttai ainsi environ
quinze jours; ensuite la connaissance
me revint. Mme de B. ne me quittait pas,
et Charles paraissait avoir retrouvé pour
moi son ancienne affection. Le prêtre
continuait à venir me voir chaque
jour, car il voulait profiter du premier
moment pour me confesser : je le désirais moi-même; je ne sais quel mouvement me portait vers Dieu, et me
donnait le besoin de me jeter dans ses
bras et d'y chercher le repos. Le prêtre
reçut l'aveu de mes fautes : il ne fut
point effrayé de l'état de mon ame;
comme un vieux matelot, il connaissait
toutes ces tempêtes. Il commença par
me rassurer sur cette passion dont j'é-
tais accusée : « Votre cœur est pur, me
« dit-il : c'est à vous seule que vous

4.

« avez fait du mal; mais vous n'en êtes
« pas moins coupable. Dieu vous de-
« mandera compte de votre propre bon-
« heur qu'il vous avait confié; qu'en
« avez-vous fait? Ce bonheur était entre
« vos mains, car il réside dans l'accom-
« plissement de nos devoirs; les avez-
« vous seulement connus? Dieu est le
« but de l'homme : quel a été le vôtre?
« Mais ne perdez pas courage; priez
« Dieu, Ourika : il est là, il vous tend
« les bras; il n'y a pour lui ni nègres ni
« blancs : tous les cœurs sont égaux de-
« vant ses yeux, et le vôtre mérite de
« devenir digne de lui. » C'est ainsi
que cet homme respectable encoura-
geait la pauvre Ourika. Ces paroles
simples portaient dans mon ame je
ne sais quelle paix que je n'avais jamais connue; je les méditais sans cesse, et, comme d'une mine féconde,
j'en tirais toujours quelque nouvelle ré-

flexion. Je vis qu'en effet je n'avais point
connu mes devoirs : Dieu en a prescrit
aux personnes isolées comme à celles
qui tiennent au monde; s'il les a privées
des liens du sang, il leur a donné l'humanité tout entière pour famille. La
sœur de la charité, me disais-je, n'est
point seule dans la vie, quoiqu'elle ait
renoncé à tout; elle s'est créé une famille de choix; elle est la mère de tous
les orphelins, la fille de tous les pauvres
vieillards, la sœur de tous les malheureux. Des hommes du monde n'ont-ils
pas souvent cherché un isolement vo-
lontaire? Ils voulaient être seuls avec
Dieu; ils renonçaient à tous les plaisirs
pour adorer, dans la solitude, la source
pure de tout bien et de tout bonheur;
ils travaillaient, dans le secret de leur
pensée, à rendre leur ame digne de se
présenter devant le Seigneur. C'est pour
vous, ô mon Dieu! qu'il est doux d'em-

bellir ainsi son cœur, de le parer, comme pour un jour de fête, de toutes les vertus qui vous plaisent. Hélas! qu'avais-je fait? Jouet insensé des mouvemens involontaires de mon ame, j'avais couru après les jouissances de la vie, et j'en avais négligé le bonheur. Mais il n'est pas encore trop tard; Dieu, en me jetant sur cette terre étrangère, voulut peut-être me prédestiner à lui; il m'arracha à la barbarie, à l'ignorance; par un miracle de sa bonté, il me déroba aux vices de l'esclavage, et me fit connaître sa loi : cette loi me montre tous mes devoirs; elle m'enseigne ma route : je la suivrai, ô mon Dieu! je ne me servirai plus de vos bienfaits pour vous offenser, je ne vous accuserai plus de mes fautes.

Ce nouveau jour sous lequel j'envisageais ma position fit rentrer le calme dans mon cœur. Je m'étonnais de la paix qui succédait à tant d'orages : on avait ouvert une issue à ce torrent qui dévastait ses rivages, et maintenant il portait ses flots apaisés dans une mer tranquille.

Je me décidai à me faire religieuse. J'en parlai à Mme de B.; elle s'en affligea, mais elle me dit : « Je vous ai fait « tant de mal en voulant vous faire du « bien, que je ne me sens pas le droit « de m'opposer à votre résolution. » Charles fut plus vif dans sa résistance ; il me pria, il me conjura de rester ; Je lui dis : Laissez-moi aller, Charles, dans le seul lieu où il me soit permis de penser sans cesse à vous...

Ici la jeune religieuse finit brusquement son récit. Je continuai à lui donner des soins : malheureusement ils furent inutiles; elle mourut à la fin d'octobre; elle tomba avec les dernières feuilles de l'automne.

FIN.

MADAME

DE DURAS

OURIKA

1824

www.ingramcontent.com/pod-product-compliance
Lightning Source LLC
Chambersburg PA
CBHW071108260626
47162CB00006B/2253